Alarico Carli

Un galantuomo, un valentuomo, un patriotta

Pietro Gori

Primi anni

Raramente un fanciullo apatico diviene un uomo energico; raramente uno buono riesce cattivo e viceversa: il carattere, che è in germe nella prima età della vita, non fa altro che perfezionarsi ed estrinsecarsi di più cogli anni, come i pampani ed i grappoli, che provengono dall'acino, come la querce robusta che scaturì dalla ghianda ecc., ecc.

Alarico Carli, che aveva sortito dalla natura il desiderio di fare, la tenacia di riuscire e un animo battagliero e ribelle ai freni di schiavitù, dimostrò anche da fanciulletto, queste sue qualità, e si dipinse, in pochi tratti, così:

«I primi miei anni li vissi come tutti gli altri ragazzi, ma ricordo ancora che ero prepotente coi miei compagni, che si dovevano soggiogare alla mia volontà, Ostinato, se mi mettevo in capo di fare un balocco qualunque, non mi davo pace finchè non mi era riuscito, e molte volte disfacevo e tribbiavo oggetti buoni per avere il necessario per compiere quello che avevo immaginato di fare».

A sette anni

Si era giunti al 1831 ed il nostro Alarico contava soli 7 anni di età, allorchè da Firenze venne condotto dai suoi in Casentino.

I tempi volgevano tumultuosi e forieri di grandi avvenimenti e l'aria, diremmo oggi, era satura d'elettricità.

La rivoluzione, scoppiata in Francia nel Luglio del 1830, rovesciato dal soglio Carlo X ed inalzatovi Luigi Filippo, (che aveva sostituito all'antico diritto feudale, come base del governo monarchico, il diritto popolare) aveva preparato anche la rivoluzione in Italia.

La morte, quasi simultanea, di Francesco I, di Pio VIII e di Carlo Felice, dava adito agli Italiani a sperare nei loro successori e in giorni più lieti.

Frattanto gemevano nelle segrete di Stato, Federigo Confalonieri, Antonio Solera, Foresti, Villa, Oroboni, Pellico, Piero Maroncelli e tanti e tanti altri generosi compatriotti; battevano la via dell'esilio, con altri meno illustri ma non meno grandi, Santorre di Santarosa e Giacinto di Collegno; Alessandro Manzoni, Giovanni Berchet, Gabriele Rossetti, rapivano colle loro poesie patriottiche gli animi dell'italica gioventù.

Giuseppe Mazzini dava vita ad una società segreta potentissima, la Giovane Italia, (che altro non era che una trasformazione della Carboneria e della Frammassoneria) la quale metteva in serie apprensioni i governi.

Erano quelli, appunto, i giorni nei quali i tirannelli e gli Austriaci, preponderanti in Italia, tentavano di soffocare ogni scintilla, ogni alito di patriottismo: erano quelli i giorni nei quali il fremito d'amor patrio e di libertà aveva invasi gli animi di tutti gli italiani, da un capo all'altro della penisola.

Infatti, nel 4 Febbraio, al grido fatidico di Patria e libertà, Bologna, le Romagne, le Marche, l'Umbria, Modena, Parma insorgono e inalzano la bandiera della rivoluzione italiana contro l'Austria e contro la Chiesa.

Fuggono i Regnantucoli, spaventati, dalle loro reggie e nuovi orizzonti si aprono alle speranze degli italiani: ma gli eserciti stranieri calano, rafforzandosi, nel nostro paese, e riescono a comprimere la rivoluzione ed a soffocarla nel sangue.

I martiri si succedono ai martiri. Il frale di Ciro Menotti pende caldo ancora, da una forca eretta su una piazza di Modena, allorchè il nostro Alarico lascia Firenze.

«Nel 1831, Egli scrive, fui in Casentino dove cominciai a sentire parlare di Frammassoni e Carbonari inseguiti e sopraffatti dagli sgherri del Governo e presi passione per costoro e, nelle finte lotte che facevamo uscendo dalla scuola (ove pure si facevano, per eccitamento allo studio, i partiti) figuravamo di essere da una parte Massoni, dall'altra soldati e molte volte ci davamo tali bôtte da tornare a casa contusi e feriti.

«Da questo e dalla storia romana e greca, cominciai presto ad amare la patria, tanto che pochi anni dopo a S. Sepolcro, questo amore divenne idolatria pei discorsi che sentivo fare dai giovani più grandicelli di me.»

A quindici anni.

1839-1847

Negli anni che corsero dal 1831 al 1839 Alarico Carli fece prima gli studi elementari e si dedicò poi a quelli classici, nei quali compiè il corso, che allora distinguevasi col nome di Umanità, e che equivale alla 5a ginnasiale d'oggi.

«Venni, quindi, a Firenze, Egli scriveva, per studiare la pittura. Qui conobbi dei veri e propri liberali, coi quali passando molte ore della notte passeggiando per le nostre colline, cominciai ad intendere meglio lo scopo a cui tendeva la nostra generazione, che allora immaginavamo solo destinata a combattere lo straniero ed a cacciarlo d' Italia.»

Inscritto all'Accademia di Belle Arti fu scolaro dell'illustre Bezzuoli e compagno di giovani, che riuscirono poi valorosissimi artisti, fra i quali basti citare il Puccinelli e Stefano Ussi. Con passione ed amore studiò l'anatomia pittorica, pel quale studio frequentò, per vari anni, il nostro R. Arcispedale di S. Maria Nuova, in compagnia del proprio cugino Dott. Chiarini. Studiò pure la prospettiva e quant'altro può avere relazione colla divina arte di Giotto, e, per accrescere il non lauto peculio mensile somministratogli dalla famiglia, andava facendo ripetizioni ai propri compagni, e dava lezioni a giovanetti desiderosi di avviarsi a quell'arte.

Il Carli erasi fatto cosi giovanotto, ed i tempi erano maturati con lui.

Dopo l'infelice spedizione del generale Ramorino; dopo l'eroico tentativo e l'eroico sacrifizio dei fratelli Bandiera; dopo le congiure e le condanne preparate ed eseguite in Roma contro Galletti, Montecchi ed altri; dopo la rivolta di Rimini, capitanata da Pietro Renzi; dopo infine, le noie procurate dall'Austria al Governo della Toscana per la pubblicazione del D'Azeglio sui Casi della Romagna, e dopo l'esilio di lui; per la morte del retrogrado Gregorio XVI, il

Cardinale Giovanni Mastai, salito sul soglio pontificale sotto il nome di Pio IX, aveva solennemente pronunziata la frase; Gran Dio! benedite l'Italia! che equivaleva al compimento del tanto contrastato desiderio degli Italiani: Unità ed Indipendenza!

Il movimento liberale iniziato dal Sommo Pontefice era stato seguito da tutti gli altri Principi d'Italia. Contemporaneamente, una rivoluzione scoppiata di nuovo in Francia aveva cacciato dal trono Luigi Filippo e proclamata la Repubblica e una sollevazione generale dell'Impero Austriaco aveva costretto l'Imperatore a fare certe concessioni ed a promettere la Costituzione.

I Lombardi chiesero ai loro oppressori le bramate riforme, ma trovando invece resistenza ricorsero alle armi e per 5 giorni fecero una guerra accanita e vittoriosa che rimase nella storia sotto il nome di Cinque Giornate.

Milano e Venezia avevano vinto. Il patriottico Piemonte levò il grido di guerra e Carlo Alberto impugnò le armi per la causa dell'Indipendenza nazionale.

La guerra per l'indipendenza italiana.

Alarico parte per il campo - 1848 –

Il grido di guerra alzato in Piemonte fa ripetuto dagli altri popoli d'Italia e tutti i Principi, costretti dal volere popolare, dichiararono d'unirsi al Re Carlo Alberto nella guerra contro lo straniero.

Alarico Carli, fremente di patrio amore, fu fra coloro che corsero in aiuto de' Lombardi e de' Piemontesi e la sera del 21 Marzo 1848, impugnata la carabina, partì per il Campo, nel 1° Battaglione del corpo dei Volontari.

È rimasta alla famiglia la lettera che Alarico scrisse a' suoi, dopo lasciata la casa paterna, lettera che riproduciamo fedelmente sul testo, perchè oltre ad essere il testamento del probabile morituro, è la prova più bella della gentilezza, della moralità, e dell'amor patrio che distingueva i figli dei *Carbonari*, coloro che vollero fortemente redimere l'Italia, e che vi riuscirono, non ultimo fra i quali il nostro Alarico.

Carissimi miei,

«La maggiorità, che il Cielo, non so a qual fine, ha voluto abbia sopra di voi, penso incombermi dei doveri, ai quali per il dovere più forte, più santo di difender la terra, che mi nutrì infante, che conserva le glorie nostre, le ceneri degli avi, e che deve ricevere i miei Genitori carissimi, non potrò forse più soddisfare. Ora che ne ho tutto il comodo, mi risolvo a scrivervi. Quando leggerete questa mia sarò morto. La giornata è di mal umore e perciò adatta al tema. Questo mi farà esser forse non giusto, oscuro e uggioso come lo stanco animo mio. Ad ogni modo l'intelligenza di una Madre pietosa, la compassione amorosa, che mi avete sempre mostrato tutti, saranno interpetri fedeli del cuore, e aggiusterete i detti ai nostri comuni principii. Sento i lagni di Babbo e Mamma per la mia perdita e forse anche per quella di Evandro, e vorrei poter dire parole che fosser loro di consolazione. Altri figli vi rimangono, o miei cari Genitori, di me più degni d'affetto e di cure, e ad essi quello e queste rivolgete. Questo mio carattere un giorno vi avrebbe dato facilmente un dispiacere assai più grande, e tale che vi torrebbe la gloria di nominarmi. Voi lo sapete, era stanco di vedermi andare tutte le cose al contrario, di dover soffrire impunemente le ingiurie, le ingiustizie degli uomini e della fortuna, di veder tutti i mali irreparabili cagionati a questa misera Patria bella e diletta, per le nostre vecchie discordie. Col cuore tutto intento al bene di essa non son fornito, nè di talenti nè di studi per giovarle; e adesso venuto finalmente il momento sperato invano fino dai miei più teneri anni, quando leggendo le glorie italiane imparava ad amare l'Italia, di saper per lei morire, dovrei e potrei lasciarmelo fuggire? Con che cuore poi, soccombendo la santa causa per l'avverso destino, potrei sopportare l'obbrobrio meritato, quando per me non facessi ciò ch'è in me per non meritarlo? No, no! Voglio piuttosto morire che vedere le infamità delle orde croate profanar questa terra e forse le mie donne. Tanto poi questa è la sola consolazione che mi aspetto quaggiù e non dovrei afferrarla? Gusterò la prima vera felicità allorquando i miei occhi si chiuderanno per sempre. S'io cianciassi ad altri che a voi, miei carissimi, queste parole suonerebbero sciocchezza, tali essendo tutte le passioni per l'uomo nel momento ch'egli non è dominato da esse. Voi, voi soli m'intendete che sapete quanto abbia inutilmente sofferto per giovare ai grandi bisogni della famiglia, quanto per soffocare ogni stimolo di quelle tante passioni giovanili e di affetti, e di amor proprio e di ambizione. Si! grandemente io la sentiva questa ambizione!... ma come appagarla privo di tutti i mezzi che per vie diverse mi potevan menare a conseguire il mio intento? Tutto, tutto me lo contende. Calcolato il mio sentire, i molti desiderii, i pochi mezzi per soddisfarli e per denaro, e per ingegno, e per molte altre ragioni, il mio avvenire non poteva essere che miseria. Dunque nessun lamento, nessuna lacrima per chi finì di patire, per chi desiderava morire, ed è caduto in campo per la sua patria. La possibilità sola di restare in vita mi rattrista. Solo mi duole di dovermi dividere da voi. Oh! perchè non è dato ai morti tornare a riabbracciare i loro cari? Io vorrei esser sempre fra voi; ma esulto al pensiero che presto ci ricongiungeremo in un amplesso eterno, purificato dalle bassezze del mondo. E voi pure in questo pensiero consolatevi, e pensate che sarete il primo pensiero, l'affettuosa cura, la più celestiale dolcezza di questo mio spirito, che là al varco della nuova vita vi aspetterà impaziente. La famiglia nostra è scemata di me e chi sa non lo sia anche d'Evandro ma è accresciuta d'un'altra infelice, la quale era nel pericolo di sbagliare la via della virtù. Io cominciai l'opera meritoria, voi finitela. Guidatele quei pensieri, quegli affetti che dal pestifero praticare potessero esserle stati avvelenati, riguardatela come un'altra figlia, un'altra sorella, giacchè la misera è priva del padre e non può far conto della madre. Anche ad essa dunque intendo parlare. Cercate tutti egualmente di adoprarvi con ogni cura alla prosperità, all'educazione, alla felicità e all'onore della famiglia, non solo per quello che sia di noi, ma di provvedere che tali beni siano retaggio ancora dei figli de' miei fratelli e delle mie sorelle, che per tale considero oramai anche la buona Ersilia. Archimede parmi adatto, sì pel suo carattere che pei suoi studii e pel suo ministero ad attendere a queste cose. Egli è un po' pigro nel fare, ma consigliandolo al proposito gli altri, vincerà se stesso. Però se valgono qualche cosa le ultime parole di un amato ai suoi amatissimi, per questo amore e per quanto abbiamo avuto e avremo di comune, ognuno di voi lo consideri come suo padre, o meglio come il suo amico, il suo confidente, ed egli sia il vostro consigliere prima di ogni opera, il vostro consolatore nelle disgrazie, nei bisogni il vostro rifugio. Spero ch'egli potrà tutto ciò perchè questo solo chiederò a Dio nella mia estrema preghiera e in quelle che spero poter fare da miglior luogo, e sotto aspetto migliore. I buoni principii non devo raccomandarveli perchè avete i miei né altri vorrei ne aveste. Se la patria sarà un giorno, e il Cielo non lo vorrà, in bisogno, vogliate saperla soccorrere, come potrete, se non altro sappiate per essa morire benchè vecchi. Onoratela con la professione che avete impreso e imprenderanno gli altri, nè vogliate inalzarvi con gl'impieghi dei governi quali essi siano per essere in Italia, per non lasciare la vostra onorata oscurità al rischio di piombare nel disprezzo e nel disonore. Pensate che si diventa grandi uomini e ricordati anche con l'onoratezza ed il sapere, senza bisogno di essere pubblici funzionari. La Ilia si rammenti, quando le verrà l'ora di maritarsi, di certi miei avvertimenti circa il lasciarsi guidare dai suoi cari, nè s'innamori prima che voi l'abbiate assicurata poter esser felice con l'uomo che Dio le avrà presentato sì per le qualità fisiche che morali. L'Ersilia oramai è promessa. Ma pensate che è meglio avere il dolore di rinunziare ad un amore mal collocato, piuttosto che essere infelici per sempre. Evandro pure, se scanserà i pericoli della guerra, aspetti a tor moglie d'essere in grado di poterla mantenere coi figli, senza soccorso di dote o d'altro, nè guardi alla bellezza soltanto. Allora godetevi le dolcezze che l'amore solo può dare a chi sa delibarlo, separatevi dal buon prete che vi avrà fatto felici colle sue cure, ma non cessate di riguardarlo come padre nei vostri bisogni. Nel praticare osservate di farlo con persone dabbene e ricordatevi l'antica massima di trarre amicizia con chi è soltanto più di voi. I nostri cari Genitori, se invecchiando andranno incontro ai mali della vecchiaia, sappiateli compatire, amateli ricordandovi quanto essi si son meritati questo nostro amore con ogni sorta di cure, di afflizioni, di sacrifizi. Nulla risparmiate per assisterli, nè lasciate mai che altri chiuda loro gli occhi moribondi. Debba pure uccidervi il dolore non togliete ad essi questa estrema consolazione. In quel punto rammentatevi qualcuno di voi di dar loro un bacio per me per ricordar loro che anche di là un figlio li aspetta. Nelle vostre gioie e nei vostri dolori ricordatevi di me, e ricordatemi qualche volta a quelle persone che voi sapete essermi state care, che son ben poche. Voi, o miei Genitori, ricorrendovi io alla memoria, ciò che sarà spesso, forse più spesso di quello che vorrei, beneditemi e pregate per me Colui che esaudisce sempre la preghiera dei Genitori. Se la patria serberà in qualche monumento i nomi dei morti per la sua libertà, fate non vi manchi il mio, sebbene poco stimi i monumenti, io, morto in quella terra inzuppata di un tal sangue generoso e valoroso che i posteri avranno involontaria riverenza calcandola col piede che noi colla nostra vita avremo loro sciolta dalle infami catene.

Ricevete il bacio estremo di chi è vissuto amandovi, di chi morendo vi manda, dal fragore della battaglia e dal dolor della morte l'estrema parola. Addio a quel momento che deve, o per sempre dividerci, o ricongiungerci eternamente in una vita migliore.

Il vostro caro ALARICO.

In marcia

Le lettere, che, quasi ogni giorno, dal campo, scriveva Alarico al fratello Archimede, rivelano la sua impazienza per il troppo lento marciare, per la sosta (2 giorni) fatta all'Abetone, per tutti gli ostacoli che il Governo frapponeva al conseguimento degli ideali di quella balda gioventù: talchè, spesso, con parole roventi stigmatizzava coloro che con qualche scusa, dall'Abetone tornavano indietro.

Vale la pena di riportare integralmente alquanti brani di queste lettere, perchè essi sono, direi quasi, una fotografia dell'uomo e dei tempi che prelusero la resurrezione d'Italia. In una sua del 18 Aprile sta scritto: «Volate Toscani!.... Cosi Leopoldo ai suoi popoli. - E i suoi popoli guidati da teste di tartaruga, per varcar gli Appennini e giungere a far cento miglia impiegarono 18 giorni, e, adagio, ancora non le abbiamo fatte! Siamo da ieri in qua a Formigine a goderci il beatissimo non far niente toscano, mentre in Lombardia, a pochi passi da noi, si decidono ogni giorno sorti supreme per la patria.» - E più in giù - «Vedi con quanta impazienza io debba stare col mio carattere subitaneo. L'Ill.mo Signor Governo ci ha mandati via da Firenze facendo questo ragionamento: Volete andare? Meglio per noi, ci leveremo d'intorno queste teste calde, e li manderemo all'Abetone, per un mesetto, a vedere se quelle nevi e quell'umido filtrante, fossero capaci di produrci dei sorbetti per sudditi, che allora chiameremmo fedelissimi. Ma il Governo si è ingannato!»

Prima della Battaglia

Se noi seguiamo tappa, per tappa, il nostro Alarico nelle sue lettere, vedremo che più si avvicina il momento e più cresce la sua impazienza di misurarsi col nemico. Il dubbio sulla sorte delle armi lo rattrista grandemente e palesa chiaro il suo dolore quando, a pochi passi dagli Austriaci, sente gli sforzi del Governo per invitare i volontari a tornare indietro. Invece ogni piccola scaramuccia, che abbia buono esito, anche se ottenuto dagli accampati a Curtatone o a S. Silvestro, lo entusiasma. Fra i suoi comandanti quelli che egli stima maggiormente sono il colonnello Giovannetti, avanzo delle guerre napoleoniche, e il generale De Laugier. Le fatiche del campo non lo sgomentano, e il 16 maggio, dopo essere stato finalmente di fronte agli Austriaci, e dopo avere ricevuto il battesimo del fuoco, scrive da Montanara al fratello.

Montanara, 15 Maggio 48.

Caro mio fratello,

Ieri ebbi una giornata delle più brutte che mai abbia passate per un capogatto solennissimo preso al sole per lavorare nella barricata, che è stata fatta davanti al paese, nella strada. Andò che ieri mattina uscito alle 4 trovai molti che lavoravano ed anch'io mi sentii voglia di far qualche cosa. Cominciai a prender piote e impellicciar le cannoniere, ma la destra essendo stata fatta fragile in modo che una fucilata la poteva rovinare, progettai al direttore di allargarla fino a mezzo il fossato. Piacque e mi accinsi con altri due miei compagni ad alzarla. Giù fascine e palafitte e terra e presto arrivammo all'altezza della barricata. Ma allora era sul tocco pomeridiano e il sole, la fatica e la fame avevan stancato in modo i lavoranti, che mi lasciarono con due solamente. L'ingegnere predicava che ci spicciassimo e noi a lavorare e a predicare che soli non potevamo andare avanti. Verso le 5 e mezzo cominciai a non poterne più, perchè il sole mi aveva come impazzato. Andai alle capanne dei miei compagni e mi sdraiai, ma non ti so dire come stessi. Stamattina svegliato mi son trovato bene, meno un po' di dolor di capo e un po' di confusione. Ieri l'altro ci siamo trovati ad un fuoco continuatissimo di tre ore e mezzo assaliti da tre partì. Ora posso dire di essermi trovato alla guerra. Sentite tutto. Verso mezzogiorno, lungo la strada, comparve una bandiera bianca con uno stuolo di baionette che cuoprivano moltissima strada. Si avvicinava adagio adagio. Noi andammo sotto l'arme, aspettando dalle feritoie dei muri delle case e dalle finestre assegnate, che ci fosse comandato il fuoco. Alla fine verso il tocco arrivarono i tedeschi vicinissimi a noi e cominciarono a tirar cannonate. Mezza la mia compagnia, fra i quali io, era schierata davanti la chiesa un 200 passi dietro i cannoni nostri. Dapprima non ne indirizzavano una e andavano a lato destro o sinistro. Alla fine cominciarono a fischiare sulla nostra testa. Pochi passi da noi fra i cannonieri spolveravano, ed i cavalli del treno che non volevano star fermi tirarono nel mezzo della strada un pover uomo che li teneva, nel momento in cui avevan tirato una palla che staccò quasi di netto una gamba al pover uomo. Un'altra palla offese un cavallo in modo che bisognò ammazzarlo. A questo punto il Giovannetti chiamò a sè noi ch'eravamo nella strada, una compagnia di fucilieri ed un'altra di napoletani, e ci condusse lungo la strada dell'attacco pei campi a sinistra, mentre altri si avanzavano a destra per tentare di metterli in mezzo. Non ti so dire come fischiassero le fucilate e le cannonate perchè bisogna che tu sappia che nello stesso tempo erano stati attaccati i nostri tanto a Curtatone che a S. Silvestro. I Napoletani che eran meco si distesero in bersaglieri, e ciò, come sentirai, rovinò l'impresa.

I nostri cannoni facevano molto più danno perchè a mitraglia, e anche i nostri fucili dalle feritoie non facevano di meno. Si erano avanzati sotto il cannone i nemici a tiro di fucile colla cavalleria per caricare i nostri cannoni, ma due colpi bene indirizzati dal tenente Mosel li costrinsero a retrocedere con grave perdita di cavalli. In questo tempo noi eravamo stati sempre nascosti ai fianchi di loro, ma i Napoletani, invece di aspettare il comando di Giovannetti, cominciarono a tirar fucilate in aria perchè gli alberi impedivano loro di vedere a pochi passi e quando giunsero paralleli al cannone nemico il Giovannotti comandò «avanti, urlate». I Tedeschi avvisati già dalle fucilate avevano avuto tempo di attaccare i cannoni e fuggire di gran carriera. Noi li inseguimmo alla corsa, ma non potemmo prendere i cannoni, come doveva accadere. A S. Silvestro pure e a Curtatone doverono retrocedere e fuggire inseguiti da tutte le parti dai nostri. La nostra perdita fu di 8 o 9 uomini morti, una diecina di feriti gravi e 12 o 13 feriti leggermente, di un cannone montato su di una ruota che fu all'istante accomodato. Un sergente dei fucilieri morì dopo avere ucciso un ufficiale. A S. Silvestro il ranciere, assalito da un ufficiale mentre nascondeva fra il grano le caldaie, si difese coi pugni e non riportò che lievi ferite di squadrone ad una guancia. Un Napolitano si crede fatto prigioniero. Dall'altra parte ebbero un colonnello gravemente ferito e un ufficiale morto. 5 prigionieri 3 feriti e 2 salvi, fra i quali un tamburino, più un cannone inservibile. In tutto pare che fra morti e feriti non ascendano a meno di 300 con inoltre diversi cavalli morti che i contadini devono averne veduti più di una ventina sui carri quando ripassarono. Uno lo vedemmo noi quando tornammo per la strada ferito nella testa. - Oggi o domani si teme un attacco più forte, ma se vengono anche in 8 mila, che tanti credo che sieno in Montanara, invece che in 3 mila come ieri daremo loro le pacche. Se avessimo avuto altrettanti cannoni sarebbe stata ben altra cosa, ma ai loro sette cannoni non potevamo opporre che due di qui ed un altro a Curtatone perchè se li tenne tutti quel..... del Generale presso di sè. Da ieri l'altro sera in qua lavoriamo giorno e notte per fare barricate, fossoni, cannoniere per difendere i cannonieri e cannoni, e argini a cui star dietro riparati a tirare. Abbiamo trovato molte bombe non incendiate; palle e granate non incendiate, razzi ed altro. I feriti sono stati portati appena medicati a Viadana sul Po. - Abbiamo avuto sei sigari a testa. - Pagherei di vedere Gioberti. Quel f...... Guerrazzi vuol sempre tenerci inquieti. - La sciabola del Bellucci l'ho sempre perchè non la rivolle, che gli avrebbe dato incomodo senza utilità. Ieri la misi assai in opera e persi nel lavorare lo stile, ciò che mi è dispiaciuto assai. Il governo non ne ha dispensate per ora delle sciabole. - Sento con quanto sacrifizio mi potrai mandare ciò che ti chiedo. Abbi pazienza. - Dimmi a chi vai a dare la nuova lezione. - Ringrazia Guelfo della premura che ha avuta per me. Godo della pezzuola regalatati - e godo anche che tu abbia quasi finito di pagare la Bibbia. Dimmi anche qualche cosa dei nostri interessi. Nell'album vedrò di fare qualche vedutina per ammazzare qualche giornata di noia, che ogni tanto ne vengono. Sto preparandoti la pianta di Montanara col campo e così tu vedrai più facilmente soddisfatto il tuo desiderio e potrai anche soddisfare qualcun altro. Addio, stai bene. - Abbi pazienza se ieri non ti potei scrivere, e veramente m'interessava, ma ti dico che durai fatica a leggere la tua lettera. Dimmi che cosa dicono la mamma e il babbo. - Saluta Palmiro e il Conti.

Tuo Fratello ALARICO.

Montanara, 19 Maggio 48.

Mio caro fratello,

Dal 15 fino ad ora ho ricevuto da te quattro lettere alle quali mi accingo a rispondere stando a giacere su pochissima paglia in uno stanzonaccio stato fin qui albergo di piattole, topi e credo anche di cimici per l'indizio di certe cacature torno torno ai buchi. Son mezzo morto dal sonno perchè abbiamo passato 24 ore interissime ritti con una dirotta pioggia finissima e continua che ci ha penetrato fino alle midolla. Figurati che stamani quando sono andato per mettermi il sacco non mi è riuscito infilarmi la cappa perchè le maniche eran tanto strettite che non mi entravano. Ora mi son mutato tutto e non sento più quel diaccio che m'intirizziva. Avessi sentito gocciolarti giù per le spalle la pioggia e passare per tutta la colonna dorsale e venire ad irrigarti il.....! era un grande affare e non mi son mai trovato a peggio. Per ora levato il sonno ho appetito e non mi sento nulla. Porco governo, non mandarci nè tele per baracche, nè darci assi per cuoprirle, nè volere che ci si allontanasse dal campo per andare in una vicina loggia ed ivi star tutti pronti, come hanno accordato oggi. Era piovuto tutto il giorno avanti, e non so dirti come fossero inzuppati il terreno, le capanne e quella poca di paglia. - E poi si affonda fin sopra i malleoli perchè in questi piani non vi sono scoli. Ti confesso che stamani avevamo certi musi da risuscitati da non riconoscerci, e se durasse questo tempo 7 od 8 giorni non si torna più nessuno. Per di più sono quattro giorni che non ci danno paga, e molti, non hanno altri denari; il rancio solo, colla fatica presente non basta a metà. Ieri già, come puoi credere, non vi era nulla a peso d'oro. Sento dire che alcuni scrivon di qua che si sta bene, e ti racconterò quando torno tutte le fatiche e le canità che ci fanno perchè scrivendotele non le crederesti. Il Generale si è rivoltato come un cannibale ad uno della mia compagnia che era andato a prendere 5 o 6 libbre di paglia tritissima vedendo che i cavalli non avevan paglia per giacersi. Ma tutto si soffrirebbe volentieri se non vedessimo di poter stare assai meglio, diretti da gente di più cuore. Forse avrò detto troppo perchè ancora mi ribolle della giornata e della nottata passata. Sono sicuro però della verità. Seguita a farsi maggiore la nostra disillusione, e di ciò assai mi affliggo vedendo la brutta figura che ci faremo. Oggi parte il primo battaglione per Goito, per Rivalta e per Sacco ove va a riposarsi per qualche giorno. Qui sono rimpiazzati da altri che non si sa chi siano. Dopo di loro andremo in riposo anche noi, ma son palliativi che nulla calmeranno il malumore predominante. Melaninescamente passiamo ad alias. Ho riscontrato che in alcune delle tue, lasci il numero progressivo in modo che la scritta del 17 sarebbe la 13a. Regolati. - Ricevei la lettera che mi annunzia degli oggetti speditimi, ma non ricevei nè ho ricevuto la scatoletta che molto mi avrebbe fatto comodo. Speriamo che i nostri ufficiali sentendo l'odore del tabacco non abbiano fatto, tutto mio, come han fatto dei sigari di Avana speditici dai Fiorentini, e di tante altre cosette particolari. Anche ciò è causa di disgusto. - Ieri l'altro ci fecero fare l'esercizio di battaglione, e per noi non sarebbe andato male, ma per la ciucaggine degli ufficiali andò tutto a rotoli. Non sanno i primi principii. Figurati che un capitano non riconosceva più il suo plotone. Sento dalla tua, che avrebbe dovuto accompagnare la scatola che tutto va bene, e che mi hai assaissimo compreso. Ti ringrazio. Le tue considerazioni sull'affare del Ferrari sono giuste, e tutto il male dipende che i più di noi non vogliono esser soldati, ma civici, e così essi dicono, soldati ragionatori, e con questi non si fanno mai le guerre. Mi tranquillizza in parte anche me la tua altra lettera dicendo che il governo non ci scioglierà che finita la campagna. Per me avrei gran rimorso se poco dopo giunto costà avvenisse qualche decisione, che non può essere che buona. Nè io potrei per possibilità assoldarmi in Piemonte per la presente campagna ove fossimo dallo amantissimo Governo ringraziati. Il peggio è che invece d'andar via i peggiori, come tu t'immagini, vanno i migliori stanchi in parte anche per la canaglia con cui conviviamo. I congedi e i permessi seguitarono fino ad ieri. Alcuni sono andati ad assoldarsi a Milano, altri sono tornati costà, - Se …. non è codino perchè non è venuto qua specialmente se non guadagna? Dimmi, è vero che dei battaglioni livornesi disertati in massa giorni sono, hanno mandato a casa i padri di famiglia e pochi altri necessarii, e il resto li hanno assoldati forzatamente? Per il caso che le mie lettere ti vengano ritardate da chi te le porta a casa vai alla posta.

Quando ti scrissi il fatto del 13 mi dimenticai, forse mezzo grullo anche allora, di una scena commoventissima e degna di un quadro. Alla sera sopra un carrettello lombardo, che sono assai artistici, fra ghirlande d'alloro e di fiori inoltravano le salme dei morti valorosi scortati ai fianchi da stuolo dei loro camerati. Il carro era tirato da quattro grossi manzi d'un colore come costà non si vede. Davanti al campo santo, vicino al luogo ove morirono per la patria furon fatte loro l'esequie dal cappellano, e dopo con grande anima i loro compagni d'arme sopra ad essi giurarono di vendicarli o morire. Poscia furon tumulati. Fu scena commoventissima specialmente per noi che avevamo di fresco corso il pericolo con essi. Qua ieri l'altro si arrese un Ungherese, ieri mattina un altro disse che una ventina forse nella giornata avrebbero seguito il suo esempio. Nel giorno sentimmo alcune cannonate da Mantova e giunse voce essersi battuti i Croati con gli Ungheresi per ricusar questi di battersi contro noi. Il più probabile forse sarebbe che fossero usciti altri Ungheresi per disertare come annunziò ieri mattina il loro camerata ed avvedutisene a Mantova li dirigessero quelle cannonate. A sera fu detto pare che un ufficiale avesse ceduto le armi al nostro quartiere generale. Il 13 alcuni di noi che si trovarono vicini agli Ungheresi assicurano che i loro colpi erano diretti in modo da far credere che non si vogliono veramente battere, perchè chiunque scarichi un fucile, anche stolto, non può fare come loro. Il colonnello di essi, che ti dissi esser restato ferito, era invece un generale. Uno dei prigionieri ci narrò di una protesta di non volere uscire da Mantova se non avevano a capo il Governatore. Da questo vedi lo spirito di quelle genti. Oh! se Carlo Alberto fa presto a prender Peschiera in poco tutto è finito. Aspetto a chiudere la presente perchè non posso per oggi mandartela. Addio dormo.

Stamani nulla ho da aggiungerti per ora. Si teme nell'ottavario. Se segue qualcosa e sono in tempo te lo scriverò. Fra i nuovi venuti non vi è il Bellucci come sperava. Aspetto ancora la scatola. Oggi facciamo una pisellata in dodici. Addio, il tuo fratello

ALARICO.

La battaglia di Montanara.

29 Maggio 1848

Alle lettere sopra trascritte, fece seguito un'altra al fratello, datata da Montanara *31 Maggio 1848*, la quale contiene la narrazione della battaglia, narrazione importantissima, anche dal punto di vista storico, perchè dettata da un testimone oculare, lettera che pure riportiamo nella sua integrità.

31 Maggio 48.

Caro fratello,

Sì, ci battemmo da eroi! Con queste parole cominciai l'altra mia datata del 30 da Marcaria, e te lo dissi perchè Io sentii dire a un Colonnello Ungherese che ferito facemmo prigioniero, e dal nostro caro Giovannetti. Ora sono con altri 19 di guarnigione a Tesoglio, i nostri sono 2 miglia distanti a Bozzolo. Ma se faccio così non ti dico nulla e però comincio fin da primo. Smontai dai posti avanzati il giorno 29 alle 8 e mezzo, ed arrivato alla caserma mi misi senza pensare a mangiare col Pontecchi a fare un rapporto contro.... che avevamo avuto di guardia con noi e ci aveva in molti modi insultato. Era per finire questo rapporto ed ecco tra-tra-tra suona la Generale. Sacco a dosso e via, ci si schiera alle barricate, s'imposta alla troniera un Obis che ci aveva mandato De-Laugier, e si aspetta a tiro i tedeschi che si erano fermati a mettersi in ordine di attacco. Un prigioniero ungherese che venne in questo tempo ci disse che avremmo da far molto perchè son molti. Alle 10 fummo attaccati col cannone, nel medesimo tempo fu attaccato Curtatone e S. Silvestro. I nostri bravi bersaglieri uscirono dalle barricate comandati dal povero maggior piemontese Beraudi, e dopo alquanto tempo cominciarono a far fuoco dalla parte di S. Silvestro, quindi dalla nostra sinistra, a pochissimo da noi. Il fuoco era vivissimo da tutte le parti, e le palle di cannoni, razzi, bombe ed altre diavolerie ci chiacchieravano sopra le teste nostre in modo che per allora ci facevano udire, e cantavamo tutti di gioia. Da Curtatone venne De-Laugier, il Generale Bava per incoraggirci e tutto il campo echeggiò di evviva. Dopo averci lasciati colle lacrime agli occhi, e che noi credevamo di consolazione, esso ritornò a tutta carriera a Curtatone. Da codesto punto cominciarono i nostri feriti e fu mandato ai bersaglieri un rinforzo e nuove munizioni perchè alcuni avevano dovuto abbandonar la mischia per venire a prenderle. Ardendo io con alcuni altri di attaccarci, non essendo cominciato il fuoco ancora alle barricate togliemmo il permesso al coraggioso Antinori per portar cartuccie ai Bersaglieri. Infatti traversammo la strada dove fioccavano le cannonate e andammo al treno ad empirci di cartucce e via a gambe fuori delle barricate. Passando da un cancello una palla ruppe i pilastri che lo reggevano e passò dinanzi a noi. Usciti dalle barricate trovammo i nostri che erano respinti da innumerevole e compattissimo plotone Tedesco che inoltrava nel mezzo al grano e fra gli alberi. Andavamo soccorrendo di cartucce chi veniva a prenderle e facemmo fuoco anche noi, nè ci ritiravamo dentro alle trincee benchè a tutta voce Beraudi ci richiamasse. Ma battè il tamburo per noi, e cominciò un fuoco più che fortissimo dalle barricate, così che essendo troppo pericoloso il restare fra due fuochi rientrammo portando o meglio trascinando con noi quanti più feriti dei nostri potemmo. A me toccò il povero Clearco Freccia a cui una palla passò il cibernino ed entrò nel ventre. Il Paganucci a cui lo consegnai all'Ambulanza mi disse esser mortale. Abbi giudizio a dirlo a Palmiro che forse potrà avvisare suo fratello. - Vedendo i Tedeschi le nostre schiere corsero avanti alla baionetta e furono respinti dal nostro fuoco per ben due volte. Si avanzarono la terza, allora il capitano Antinori, il Fabbroni, e non so chi altri col Beraudi saltati sulle barricate ci animarono inseguire i Tedeschi. Saltati fuori con urli grandissimi li trovammo a 20 e pochi passi più da noi e li facemmo fuggire. Qui moltissimi dei nostri morirono da eroi. Il povero Beraudi cadde a poco da me, poi altri miei due amici che mi erano accanto, nell'inoltrarmi altri tre mi caddero ai piedi, e già si camminava sui morti tanto era il numero fra i nostri e i nemici.

Uno ne ammazzai anch'io che feroce alla baionetta mi veniva incontro. Gli tirai alla distanza di 12 passi per esser sicuro di ammazzarlo e lo vidi cadere, e gli saltai addosso per prendergli qualche cosa, ma ripensando al pericolo che mi circondava mi sdraiai in terra accanto e mi contentai di prendergli il porta baionetta che primo mi dette alle mani facile a tagliarsi. In questo tempo erano già le 4 pomeridiane Curtatone sopraffatto dal numero aveva ceduto, ed i nemici passati di lì erano arrivati ad assaltarci alla porta di Montanara dietro di noi. Eravamo circondati. Battè la ritirata e questa fece in tutti gran sensazione. Infatti ordinatici in ritirata a stento passata la porta un cannone nemico ci mitragliava di fronte e Giovannetti comandando che inoltrassimo sui prati ai fianchi del nemico perchè i nostri cannoni lavorassero capimmo tutti che era tempo di fuggire e disordinati ci trovammo, da un'altra parte a fronte del nemico. Fu fatto il quadrato ma fu rotto colla mitraglia. Allora i Napoletani si misero a gambe e ci salvarono tutti. Buono però fu di tentare di far passare i fossi ai nostri cannoni con i cavalli morti quasi tutti, pure tentammo, ma dopo uno ne trovammo un altro e dovemmo abbandonarli mezzo rovesciati allorchè una cannonata uccise quasi una trentina dei nostri cannonieri a cui aiutavamo coll'Antinori. Giovannetti il primo ad avanzare, l'ultimo a retrocedere gridava alto alto un'altra volta, ed io chiamai l'Antinori che mi era vicino e con pochi altri corremmo a lui, ma il nemico incalzava ed eravamo soli, così che Giovannetti ci disse è tempo di salvarsi. Ma progredendo avevamo dietro ai fianchi il nemico. Eravamo quasi alle Grazie e costà trovammo resistenza anche di fronte dalla cavalleria ulana e fanteria croata, così che dovemmo sempre scappare per campi siepi e fosse dove potevamo credere meno nemici. La ritirata ci costò più assai della battaglia, perchè molti anche caddero sfiniti dalla fatica pei fossi dove il diaccio dell'acqua li levava i sensi ed era già il sole tramontato. Molti nel pantano restarono scalzi altri anche senza calzini e un napoletano nudo affatto. Ora con Napoleone noi possiam dire, le palle che dovevano ucciderci non son fuse. Molti la stessa sera passarono l'Oglio e andarono chi a Gazzoldo, chi a Viadana passò anche il Pò: chi restò a S. Martino e chi a Bozzolo, i meno con Giovannetti a Marcaria. Ora molti vili non voglion tornare ad unirsi con noi, ma gli è impedito passare il Pò dai Parmigiani che hanno ordine di toglier loro le armi ed arrestarli come disertori, e se resistono farli fuoco. Ieri i Piemontesi in numero grande ci vendicarono, e molti Tedeschi son tagliati fuori di Mantova. I disertori nemici sono infiniti da tutte le parti. Il reggimento d'Italiani Agaz è quasi tutto fra noi. Ieri l'altro erano 4 reggimenti usciti da Verona con 4 batterie che ci assaltarono, cosicchè si sommano da circa 4 mila con 24 cannoni. Si dice con Radetzky alla loro testa col foglio del Vice Re. Stamani sì è saputo ufficialmente la presa di Peschiera. Mi consolo che la nostra rotta, conseguenza di un fuoco di sette ore ben sostenuto, sia la causa dell'attacco generale che pare debba decider tutto.

Addio perchè qua giunge molta gente che fugge da un paesetto 4 miglia distante, ove sono giunti i Tedeschi sbandati. Siamo al 31 Maggio di guarnigione a Tesoglio Mulina nell'Oglio.

Tanti baci dal tuo ALARICO.

Besaldo, 2 Giugno 48.

Caro fratello.

Riprendo da dove lasciai di scriverti ieri l'altro. Peschiera è presa ed ha capitolato. Questa fu la conseguenza della nostra resistenza. Perchè avevano convenuto i Tedeschi che se il 30 non avevano soccorsi a Peschiera si sarebbero resi non avendo più viveri di nessuna sorta. Il piano era bello e se loro riusciva la voleva andar male. Radetzky voleva battere e sbaragliare col gran numero noi che sapeva pochi od avanzar per Goito e Peschiera alle spalle di Carlo Alberto, che certo, messo fra i due fuochi, la poteva finir male. Ecco che i Toscani creduti finora inutili hanno fatto il più sebbene dovesser fuggire. Con questo ci saremmo immortalati se la viltà e caparbietà di pochi Livornesi e bianchini più specialmente, non avessero rovinato tutto col non volersi riannodare. La sera del 29 alcuni di questi passarono il Pò, altri andarono a S. Martino e a Casal Maggiore. I più a Bozzolo dove condottosi Giovannetti ha fatto fin qui di tutto per farli tornare sul posto a Bozzolo, ma nè le buone notizie di Peschiera, nè la disfatta a Goito ove martedì i Piemontesi dettero a quei cani nè il saperli rinchiusi da tutte le parti ha fatto coraggio a codesti vili, che voglion passare il Pò, dicono, per esser sicuri, e riannodarsi e organizzarsi allora, e non voglion credere che siano sicuri anche qui a Bozzolo. La nostra perdita pare non sia tanto grave. Il quartier Generale è a Castiglione sul lago di Garda dove pare si potrebbero utilizzare quelli di Curtatone. Del battaglione universitario che credevamo disfatto pare ne siano morti soli 50. Dei nostri pure di Montanara pare se ne siano salvati assai più che non credevamo, perchè a Bozzolo ne giungono da tutte le parti. Nella sconfitta di martedì pare certo che i Tedeschi portassero in Mantova da 80 carri fra feriti e morti. Il reggimento italiano è quasi disertato tutto. Ora essi sono a Gazzoldo dove saccheggiano. Radeschi è certo che ieri l'altro sera dormì a Rivalta. Ora saranno costretti ad accettare una battaglia campale da Carlo Alberto in queste vicinanze, e, Dio volesse, che noi potessimo riannodarci per prenderli alle spalle allora che saranno attaccati, o almeno toglier loro la ritirata di qua dall'Oglio, al che abbiamo preso tutte le disposizioni. Qui a Tesoglio siamo 20 a guardare i mulini che ritireremo di quà al primo sentore di Tedeschi, e così, essendo il fiume assai grosso, potremo difenderci assai bene anche da un buon numero di loro. Ieri a S. Michele alcuni di cavalleria tedesca vennero sulla riva opposta, per scandagliare la profondità dell'acqua e furono uccisi dalla nostra guarnigione. I ponti son levati e preparate le mine, e l'incendio per resto, le barche ritirate a noi. Pare ci giungeranno cannoni ed uomini da Cremona e da Milano. Speriamo che i buoni faranno coraggio ai pochi avviliti e ripareremo a quel che ci farebbe onta. Voi forse saprete più di noi le novità però passeremo ad altro. Ti dissi da Marcaria che aveva perduto tutto. ed ecco come. Quando cominciai a portar cartuccie ai bersaglieri fuori delle barricate e ritornai con feriti, il sacco cominciò a pesarmi oltremodo e, pensando di vincere, lo posai all'ambulanza per riprenderlo dopo l'attacco. Ma invece perdemmo, e quando battè la ritirata la casa ov'era l'ambulanza, era invasa dai nemici, cosicchè dovei salvarmi col rientrare fra i miei. Ora sono con la camicia di pannicino i calzoni di cachemire tutti rotti con un paio di calzini tutti rotti, la bluse e il cappello. Spero che ci renderanno il necessario a tutti, ma prega la mamma a vedere se, a poco per volta, mi mette insieme due paia di calzerotti e un paio di pezzuole. Tu seguita a mandarmi i fogli nelle lettere come prima. Per tutto il resto pazienza. Avrei potuto nella fuga prender molti sacchi invece di uno, che molti stanchi lo gettavano per correre di più, ma colle fucilate e mitraglia da cui eravamo circondati restava al pericolo della vita e della prigionìa. Ti prego a non fare altre spese di quelle che vi ho detto perchè ci daranno a tutti l'occorrente. - Eccoci quasi alla fine della guerra, e la nostra ritirata o fuga sarà pagata ben cara dai nemici, oltre ad essere la causa che decise la nostra vittoria. Novero qui gli amici che vedo. Conoscerai il Conti, il Menici non lo vidi più. Il Becattini alcuni dicono di averlo veduto nella fuga, altri cadere nel campo. L'Ussi lo vidi alle Grazie, Lampredini dopo. Il Biadi è insieme col Fabbrucci, col Del-Taglia, Bossi, Romanelli, Giorgi, Dufinè ferito leggermente in fronte. Freccia era mortale, Pifferi morto, Ferrina non l'ho veduto. Degli altri che erano nel primo battaglione non ne so nulla. Il Bellucci e Baldassi a Curtatone, non so come gli sarà andata. Se ne sapete qualche cosa scrivetemi per mia quiete. Non credo di avere altro a dirvi per ora.

Ti saluto e ti abbraccio caramente con gli altri. Dimmi se Mamma e Babbo sono stati in pena per me, se cioè riceveste in tempo la mia lettera. Qui siamo in guarnigione volontariamente perchè altri non han voluto venire a darci la muta credendolo posto pericoloso.

Addio, tuo fratello Alarico.

A Montanara, però, il suo battaglione era divenuto il secondo, la sua compagnia la prima e a questa erano stati aggiunti altri venuti dalla Toscana per la santa causa (com'egli chiamava questa guerra per la indipendenza). La disorganizzazione delle truppe volontarie già cominciata prima del 29 maggio, aumentò dopo la sconfitta e il suo accoramento è grande, nè sa perdonare a coloro che paghi del già fatto ritornavano a Firenze. Le truppe toscane riunite vengono intanto inviate a Brescia, ove ricevono accoglienza festosa, ma i Toscani seguono a disgregarsi e peggio. Egli sente tutto il decoro per la Toscana che si mostrava tanto diversa dai suoi desiderii, tanto che stanco infine di quanto succede e speranzoso di poter far più con altre truppe, che non con le sue, abbandona con altri i Toscani e l'8 luglio 1848 entra fra i cacciatori regolari lombardi nel 2° Battaglione 1° Reggimento alla 6a Compagnia comandata dal conte Ignazio Lana allora residente in Brescia. Però non può più prender parte a nulla, perchè tagliati fuori in Isvizzera poco dopo, il 6 settembre dello stesso anno ritorna in Firenze.

Ritorno in patria.

1848-1854

Tornato in patria ricoperto di gloria, ma col cuore straziato per l'esito infelice degli eroici tentativi fatti, Alarico, per provvedere ai bisogni propri ed a quelli della famiglia si dà di nuovo all'arte, e, ripreso il pennello, ora si pone a fare ritratti, (ramo in cui tutto faceva prevedere che sarebbe riuscito valentissimo), ora si dedica alla lavorazione di pietre dure e cammei ed intaglia, a bassorilievo, in malachita o in lapislazzuli, teste e figure, così artistiche e belle, che i suoi lavori trovano facile esito e vengono lautamente pagati da amatori e da negozianti.

Si era giunti così al maggio 1849, quando le truppe austriache, vincitrici a Novara, scesero in Toscana chiamatevi dal Granduca. Non è a dire con quanto sdegno Egli le vedesse spadroneggiare nella sua diletta Firenze, e come cercasse sfuggirle, quando poteva, recandosi a passeggiare in campagna e in qualche luogo solitario.

L'idea dominante in lui è la patria e il pubblico bene e se qualcuno si occupa di questo e di quella egli offre volenteroso l'opera sua. Perciò lo si trova fra coloro che per diffondere l'educazione nel popolo, crearono la Società Filodrammatica dei Fidenti (titolo che significa fidenti nei destini d'Italia) e, benchè non pratico di pittura scenografica, egli fa scene e il telone: Il giuramento di Pontida; telone che, in pessimo stato, esiste tuttora e dal qual traspariscono, naturalmente, gli errori di colore per cosa da teatro, e quello di una precisa composizione.

Il lavoro della mano, però, non paralizza il lavorìo della mente, perchè Alarico, togliendo le ore allo svago e al riposo, studia alacremente storia, letteratura, matematica e economia; cerca di approfondire i problemi sociali, non tralascia, nemmeno un istante, di occuparsi di quella politica, dalla quale spera la redenzione della patria e intanto, da amoroso ed affezionatissimo figlio, cura la madre adorata, gravemente inferma, e la perde (5 Giugno 1852).

A sostenere la società dei Fidenti non gli furono di poco aiuto i fratelli Archimede (quello a cui dirigeva le sue lettere scritte dal campo, che si era dato alla carriera ecclesiastica) ed Evandro, tornato allora da fare il soldato. Ebbe anche una sorella Ilia che amò teneramente ed un altro fratello Ettore, allora bambino, sopravvissuto questi ad altri cinque morti in tenera età.

In quel tempo il fratello Evandro aveva incominciato a lavorare per D. Baldassarre Boncompagni, Principe di Piombino ed avendogli presentato Alarico per eseguire un frontespizio in miniatura, questi incontrò subito la simpatia del Principe per l'esattezza dei suoi lavori e per la prontezza ch'egli metteva nell'eseguirli.

E così incominciò quella serie di ricerche e di lavori, che lo tennero occupato per ben quaranta anni, facendogli visitare tutte le biblioteche d'Italia e quelle di Svizzera, non che le più rinomate di Germania, d'Austria, del Belgio e dell'Inghilterra.

Marito e Padre

Nel 1864 perse, con suo grande rincrescimento, il fratello Archimede, che amava e stimava moltissimo; e l'anno dipoi, dopo aver visto, con grande soddisfazione, sgombrata la sua diletta Toscana dalle truppe austriache, e, credendo ancora lontano il tempo della riscossa, si unì in matrimonio con la Signorina Vitellia del fu Luigi Mugnai, e ne ebbe tre figli Archimede, Aurelia, Zoele.

Questa famiglia ebbe costante, tutto il suo amore tutta la delicatezza del suo sentire. Sposo amoroso e fiducioso nella intelligenza della moglie, la tenne sua cooperatrice in quanto erano i suoi ideali, nella educazione dei figli; e da Bergamo, nel Gennaio 1863, in giorno di cattivo umore, come egli dice, scriveva per lei:

....

«Che tu sola sia arbitra di tutto senza che alcuno de' miei o altri di fuori ti possano vincolare in alcun modo. Così tu potrai consigliarti co' tuoi figli, se saranno in età e avranno capacità di farlo, o con chi crederai più adatto a giovarvi.............................

«Vitellia, ci siamo amati sempre teneramente come forse pochissimi si amano, abbiamo goduto questo nostro affetto senza che nessuna nuvola, anche passeggiera, oscurasse la nostra fede. Nulla abbiamo da rimproverarci l'un l'altro e se la morte ci colpisce ....
.... »

E questo amore familiare non cessò mai in Alarico; e si rafforzò anzi nelle lunghe malattie che afflissero ora l'uno ora l'altro dei suoi cari.

L'attività sua nel lavoro avrebbe dovuto stancarlo, ma egli la notte veglia al capezzale della sua sposa diletta pronto ad ogni richiesta, e come per lei così per i figli, per la cognata, per tutti, egli sa, in casi di mali divenire, anche negli ultimi suoi giorni, la più amorosa, la più delicata delle infermiere. - La educazione e la istruzione dei figli ebbero le sue cure più assidue, nè i sacrifizi sostenuti a questo scopo gli sembrarono gravosi, e il lavoro, unica sua ricchezza, lo fece attivo fino all'ultimo momento. Del ricavato poco o nulla dispone per sè, ma tutto usa largamente per il suo ideale costante, per la famiglia e per chiunque a lui si rivolga. Il dire della dolcezza sua è impossibile ed il suo rimprovero, quando aveva necessità di ricorrerci, era tale che dal cuore muoveva ed al cuore andava a colpire.

Questo suo amore grandissimo che nella famiglia trovò sempre la corrispondenza la più completa, egli portò in tutte le sue relazioni esteriori, relazioni che furono assai numerose qui e all'estero, e solo la disonestà poteva corrucciarlo e togliere alla sua fisonomia quella impronta di serenità che natura vi aveva impressa. Egli amò ed amò molto i genitori, la sorella, i fratelli, di uno dei quali curò ed allevò il figlio, morto giovanissimo per malattia inesorabile; amò la moglie, i figli, la cognata, chi soffriva, chi colla tenace volontà si apriva una strada, e se nella vita patì dei torti, non mancò mai di perdonare.

Tutto questo suo amore, più che l'età, commosse ed ammalò quel cuore causa della sua perdita dolorosissima per la famiglia che lo idolatrava ed in lui sentiva il legame di unione, la ragione dell'esistenza naturale e morale.

Nè i continui viaggi, nè le cure della famiglia lo distolsero mai dal suo primo ideale, l'amore per la patria diletta, e per essa, approssimandosi il 1869, non potendo dare, com'altra volta, il suo braccio e il suo sangue, dà il poco tempo disponibile profondendo il suo denaro, preparando scritti per eccitare gli animi dei pusillanimi, ed agevolando coloro che, emigrati dagli stati Pontifici e della Lombardia, volevano riparare in Piemonte. Avvicinandosi il gran giorno egli con molti altri patriotti prepara quella rivoluzione che doveva fare libero il suo paese, e lo fece infatti, senza spargimento di sangue, il che portò al colmo la sua sodisfazione di patriotta e di galantuomo.

All'organizzarsi della Guardia Nazionale, nella quale veniva a rivivere la Guardia Civica del 1848, Egli fa dei primi ad inscriversi. Nominato Sottotenente nel Luglio 1869, si prende tanto a cuore l'insegnamento dei suoi militi che per esso non risparmia nè tempo, nè fatiche, acciocchè la sua compagnia fosse detta a ragione, come subito la chiamarono, la compagnia modello. Nel 5 Aprile 1860 fu nominato Tenente ed in questo grado rimase finchè non fu costretto, per i suoi continui viaggi, a dimettersi poco prima che la Guardia Nazionale si sciogliesse.

Nel 1856 aveva perduta la sorella Ilia e nel 1864 anche il fratello Evandro: nè alla morte di questi nè a quella del fratello Ettore, avvenuta nel 76, nè a quella del padre, che accadde nel 1880, egli si trovò presente, trattenuto sempre fuori dalle ricerche e dai lavori da eseguirsi pel Principe Boncompagni.

Mentre, per la vittoria di S. Martino e di Solferino, sembrava che il riscatto italiano dovesse essere un fatto compiuto la pace di Villafranca, caduta come un fulmine inaspettato, troncò a mezzo le più belle speranze e generò lo scoraggiamento e il dispetto fra i cittadini e le file dell'esercito.

Nel timore fondato di sommosse popolari e tumulti egli fu fra coloro che più si adoprarono per rimettere la calma e per tutelare il buon ordine. E perciò, convertendo, quasi, in corpo di guardia, la casa sua vi raccoglie una quantità di fucili e si partono da essa ogni sera diverse pattuglie per andare a perlustrare la città durante la notte, finchè non cessa il bisogno.

L'Educatore

Dell'educazione degli operai si occupò con amore grandissimo. Fu tra i fondatori delle scuole del popolo, che portano il nome di Pietro Dazzi, e in queste scuole egli insegnò gratuitamente per oltre 30 anni, ricompensato dall'amore e dalla stima dei suoi alunni, e dalla soddisfazione di adempiere ad un nobile dovere.

Il Patriotta del 1848, non si limitava alla sola politica: anche le questioni sociali, anche il miglioramento degli operai lo preoccupavano grandemente.

Nel 1869, in unione all'amico Carlo Bernardi, dava alle stampe - la Proposta di un modo pratico per moralizzare col lavoro i deviati comprendendo sotto questo titolo generico, i vagabondi, gli accattoni, i liberati dal carcere ed altri infelici.

Concetto questo nobilissimo e veramente umanitario e progressista, che non ebbe l'esito dal Carli e dal Bernardi desiderato, in parte per la loro modestia, in parte perchè gli uomini del cuore e della mente di Alarico sono rari.

Il lavoratore e il Bibliografo

Accolto come impiegato nell'Ufficio d'Arte del Municipio di Firenze e sotto l'Ing. Comm. Raifaele Canevari prende parte a molti lavori ma specialmente a quelli per la conduzione dell'acqua potabile.

Dagli uffici del Municipio entra nel 1884, come aggiunto, alla R. Accademia della Crusca e vi rimane fino a tutto il Giugno 1887.

Poi, con Ministeriale del 23 Giugno dello stesso anno, da avere effetto col 12 Luglio, viene destinato alla Regia Biblioteca Nazionale Magliabechiana per coadiuvare i Proff. Antonio Favaro ed Isidoro Del Lungo nella nuova edizione delle opere Galileiane.

Ebbe Alarico un culto speciale per Galileo, e per le sue opere, delle quali compilò una bibliografia, accuratissima in unione al Professore Favaro, dell'Università di Padova, pubblicata nella raccolta di Indici e Cataloghi edita per cura del Ministero della Pubblica Istruzione, e premiata in un concorso bibliografico.

Nel 1891, con lettera del 31 Luglio, venne applicato straordinariamente, a cominciare dal 1 Agosto, alla Regia Biblioteca Nazionale Centrale di Firenze con l'incarico di ordinare e schedare i carteggi di quella Biblioteca, ufficio tenuto da lui anzi quando morte l'incolse.

Ultimi anni e ultimi giorni

In questi ultimi anni, dunque, Egli lavorava, con diligenza, grandissima, nella Biblioteca Nazionale Centrale all'ordinamento e alla registrazione dei molti carteggi destinati a formare l'*Archivio della letteratura italiana*; Archivio, nel quale la famiglia del compianto Carli, interprete fedele del di lui desiderio, volle che fosse depositata la sua corrispondenza col principe Boncompagni (1854-1890), composta di circa 6000 lettere, per la massima parte scritte dal compianto bibliotecario Enrico Narducci di Roma, segretario del Principe.

Il lavorio dei partiti sovversivi e l'ibrida coalizione dei Radicali, dei Repubblicani, dei Clericali e dei Socialisti, fatta per rovesciare le istituzioni ed annientare l'unità, la libertà e l'indipendenza d'Italia, che erano costate tanti sacrifizi, tante lacrime e tanto sangue, lo addoloravano profondamente in questi ultimi tempi.

E più lo addoloravano certi errori di governanti; la sfiducia, della quale vedeva invasi, ogni giorno più, i liberali e i monarchici, gli antichi patriotti di un dì, e l'apatia della massima parte della nostra gioventù, non reazionaria, nè settaria.

Lamentava, con me che scrivo, anche il dì che precedette quello della sua morte, che al lavorio febbrile, incessante, organizzato, disciplinato e fruttuoso degli avversarii noi non sapessimo opporre che vane parole, colpevole indifferenza e cieco disprezzo, e soggiungeva sempre con profonda mestizia:

Povera Italia, tu vai facendoti ogni giorno più differente da quella che noi avevamo sognato!

Avrà forse esagerato! sarà stato come tutti gli uomini d'età, descritti da Orazio, *laudator temporis acti!* ma credo che non avesse poi tutti i torti!

Il 22 Gennaio 1900, uscito appena, appena, dalla Biblioteca Nazionale Centrale per rifocillarsi, a metà della Via dei Leoni, come côlto dal cannone sparato su a Belvedere per segnare il mezzodì, cadde fulminato da paralisi cardiaca.

Lo stame del giusto era stato troncato dalla inesorabile Parca!

*
* *

La sera del 24 un lungo, interminabile stuolo di estimatori, di antichi compagni d'arme e di amici, colla mestizia sul volto, e nel cuore, accompagnò all'ultima dimora la salma dell'uomo amato e stimato.

Nel Cimitero di Trespiano una croce ed una iscrizione incisa su marmo e dettata dal proprio figlio Archimede ricordano che là sotto dorme, nella pace dei giusti, Alarico Carli, che è quanto dire: un galantuomo, un valentuomo ed un patriota.

ALARICO CARLI
NATO IN FIRENZE il 6 MARZO 1824
AMÒ FORTEMENTE
LA PATRIA, LA FAMIGLIA, IL LAVORO
COMBATTÈ A MONTANARA IL 29 MAGGIO 1848
OPERÒ FRA I VOLENTEROSI PER L'UNITÀ D'ITALIA,
EBBE A CUORE
LA MORALITÀ, L'EDUCAZIONE DEL POPOLO
FU ATTIVO, MODESTO SEMPRE.
MORTE IMPROVVISA LO COLPÌ
IL 22 GENNAIO 1900.
LASCIÒ AI SUOI ADDOLORATISSIMI
ALTO ESEMPIO DI VIRTÙ

Amato da tutti, Alarico Carli lascia nella famiglia desolata, negli amici, negli alunni e in tutti i conoscenti un caro e imperituro ricordo, non solo della sua modestia e della sua bontà, ma ben anche di una vita operosa spesa intieramente a vantaggio della istruzione e della educazione della classe operaia, o per difendere e onorare la nostra patria diletta.

Vale, Alarico, vale.

Firenze, 22 Luglio 1900. Pietro Gori.